엄마의 편지

청춘문고

늦은 답장을 보내며.

지금. 그리고 앞으로도.

엄마와 있는 시간들이

소중하고 고맙다는 얘기를

전하고 싶어서, 기억하고 기록한다.

엄마가 내게 그래준 것처럼.

목차

to mom

from mom

to mom

늦은 답장의 시작

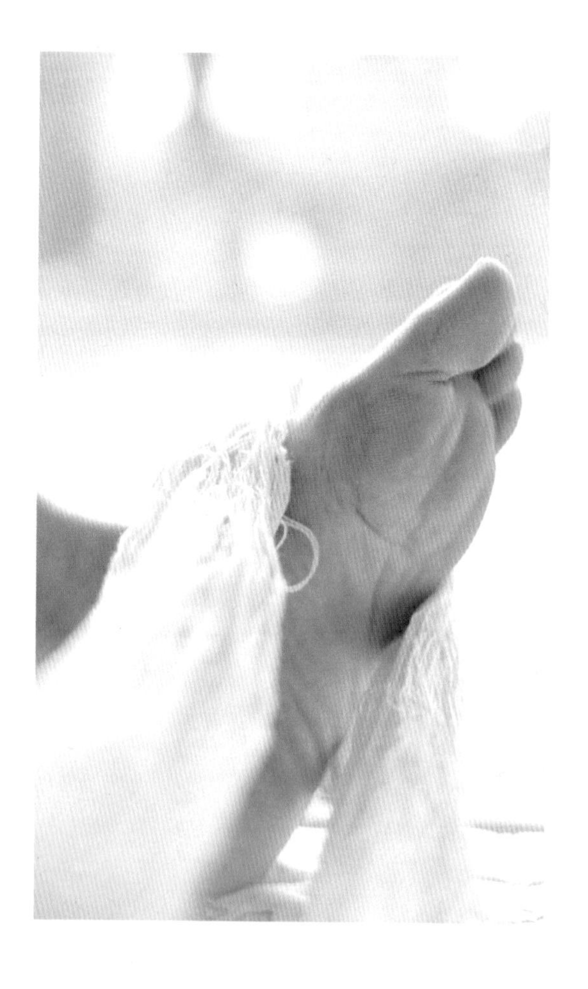

230mm

발 9.8cm,
발목 12cm,
손 8.5cm

육아일기 속 엄마가 기록해놓은
작은 글씨들이 어른거려서

엄마의 작은 발을 봤다.
어쩜 저렇게 작을까.

그동안 몰랐었는데, 참 작네.

엄마는 나에게
뭐든지 멋지게 해내는 여자라,

그 모습이 너무 커 보여서
모르고 있었나 봐.

쌀쌀한 새벽, 따뜻한 차.

그리고 진한 청바지가

너무 잘 어울리는 엄마.

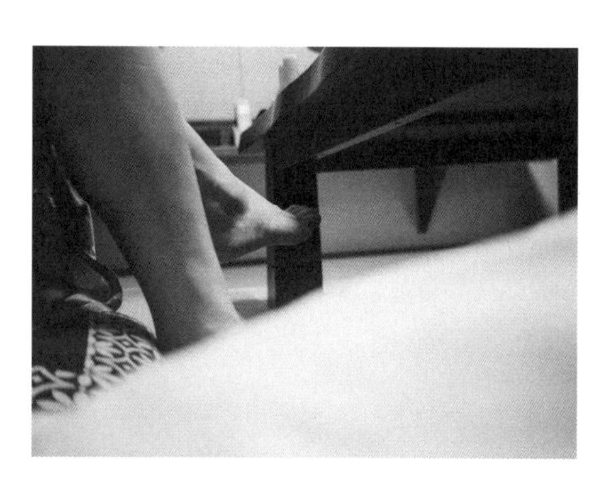

왼쪽으로 돌아누우니
보이는 작고 흰 엄마 발.

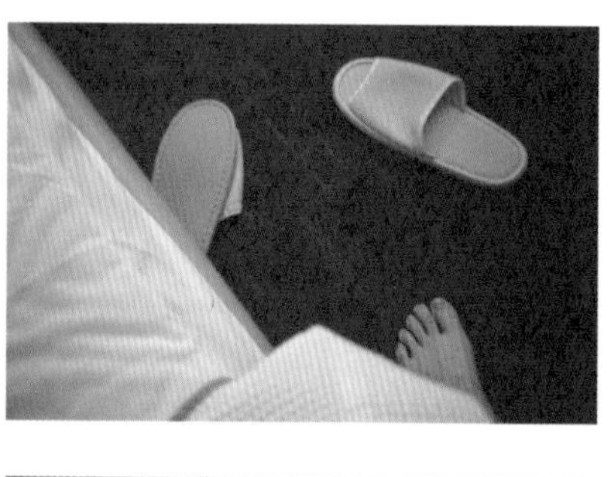

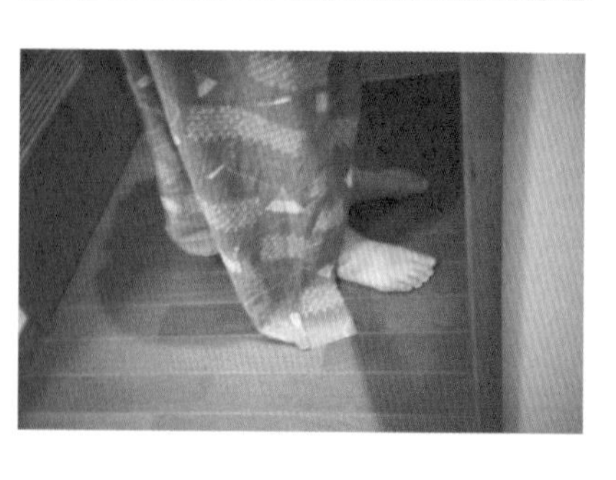

나도 모르게 찍은 엄마 발. 고새 꽤나 찍었다.

그 한 가닥이 얄미워

아직은 쌀쌀한 일요일 아침.
거실에서 들리는 티브이 소리에 눈을 떠,
짧고 구불구불한 머리를 살짝 묶은
엄마 옆에 앉아있었는데.
눈치도 없이 삐죽 나와있는 흰머리.
그 한 가닥이 밉고 속상해서
말 한마디 없이 냉큼 뽑아버렸어.

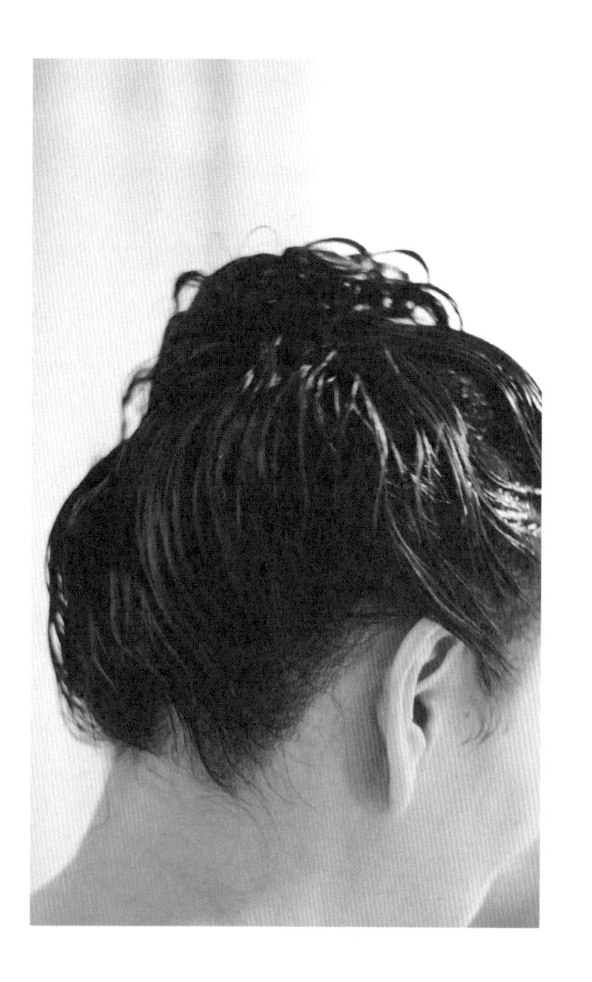

익숙한 손길이 미안해

집에 가는 길. 괜히 엄마한테 전화를 했어.
그날따라 연락이 안 되길래

-뭐 하길래 안 받는 거야?
투덜거리면서 집에 왔는데

현관에 들어서서 가방을 내려놓다가,
양손에 비닐장갑을 낀 엄마를 봤어.
염색하느라 전화를 못 받았다고,
잘 다녀왔냐며 나를 반기는.

이제는 뽑을 수 없을 만큼,
뽑으면 안 될 만큼 많이 생겨버린 흰머리를.
요리조리 거울을 보며 혼자서 염색을 하고
있는 엄마를.

이쯤이야 별거 아니라는 듯.
혼자 하는 빗질이 너무 익숙해 보여

그 손길이 속상하고 미안해.

아빠가 좋아하는

아빠랑 옛날 앨범을 구경했어.

엄마의 앨범을 볼 때마다
아빠가 꼭 찾는.

-분홍 셔츠를 들고
초록 체크무늬 반바지를 입은
엄마 모습들.

아빠는 이 사진 속 엄마 모습이
제일 예쁘대.

난 지금의 엄마가 제일 예쁜데.

기다리던 꽃이 폈어

날씨가 꽤 따뜻해졌길래
이제 좀, 군자란의 쨍한 주황 꽃을
볼 수 있을까 하고

요즘 베란다 창가를
얼마나 기웃거렸는지.

그런데 엄마, 오늘 베란다에
빨래를 널고 들어오면서 보니까
군자란에 꽃 몽우리가 맺혀있더라.

엄마가 지난번에 말했지?
군자란 꽃대가
우리 식구 수대로 올라왔다고.
아빠, 엄마, 채원이, 종근이 이렇게
네 대가 나란히.

그리고 이제 그 꽃대 모두에서
꽃이 폈어.

아주 예쁘게.

원래의 모습

빨갛고 작은 꽃잎이
어젯밤 바람에 한가득 떨어졌나 봐.

할머니 댁 앞에 주차된 차들이
작은 꽃잎들로 자작자작 덮여있어.

그 속에서
파란 잎사귀 한 장을 발견한 엄마가
아직 상하지 않은 빨간 꽃잎으로
원을 두르고
그 아래에 파란 잎사귀를 얹었어.

너희들 떨어지기 전 함께 있던
모습이라며.

자동차 보닛 위에 빨간 꽃이
다시 한번 피었네.

울 엄마 덕분에.

매력 포인트

엄마의 매력 포인트가
뭐냐고 묻는다면

-당연히 점이지.

나와 동생에게 똑같이 물려준
등짝 오른편의
작고 살짝 붉은 점.

그리고

오른쪽 눈꺼풀 바로 위에
쪼로록 자리한 세 개의
작은 점.

엄마만 갖고 있는 점.

엄마 딸이기에
발견할 수 있는 작고 예쁜 점들.

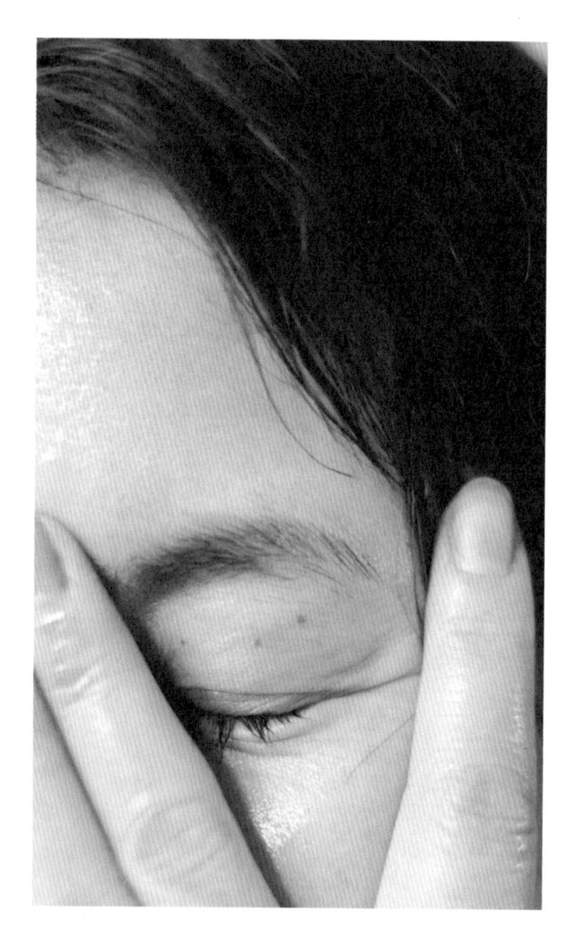

민낯일때 더 잘 보이는 점이라 세수하고 나온
엄마를 붙잡고 남긴 사진 한 장.

이 시집을 바다에 묻힌
가난한 사람들에게 바친다

to my "Beatrice"

투 마이 베아트리체

엄마의 책장에 꽂혀있던 많은 책들 중
가장 낡아 보이는 시집을 하나 꺼내 들었다.

속지가 노랗게 낡아 바삭거리는.
왠지 사연이 있을법한 그 책의 첫 장에
쓰여있던

"to my beatrice."

엄마의 스무 살.
그 무렵의 사랑에게 받았던 책 선물.

시간이 지난 지금까지도
울 엄마를 소녀로 돌려놓는 그 한 문장.

그 작은 걸

어버이날이네.
친구들은 다들 무슨 선물을 사야 할까
용돈은 얼마를 드릴까 하고
고민하더라.
나는 그 흔한 카네이션 한 송이 없이,
집에 오기 전 케이크를 샀다.
대신 과일이 제일 많고, 예쁜 거로.
그 케이크 위에서 엄마는
작은 장미 한 송이를 발견했다.
그리고 고 작은 걸 들고 주방으로
달려가더니, 작은 약병 속에
물을 찰랑찰랑 채워 꽂아두더라.
작은 꽃 한 송이
그냥 지나치는 법이 없지,
울 엄마.

내가 말한 제일 예뻐 보였던 케이크.

그 속에 꽃이 있을 거라고는 생각도 못 했는데.

다음에는 꼭 용돈으로 드릴게!

둘만의 여행

엄마와 둘이서 갔던 여행에서.

이동하는 버스 안에서 이어폰을
나눠 끼고 들었던 엄마가 좋아하는 노래.
갑자기 내리던 비를 피해 들어간 카페에서
마신 따뜻한 '아메리칸' 커피.
일찍 도착한 숙소에서 맥주 한잔과
함께 나눴던 얘기들.
혹시 힘들진 않을까 유심히 살폈던
엄마의 모습들.

엄마와 나 우리 둘에게 너무 행복한
기억들이라 소중히 기록해두었다.

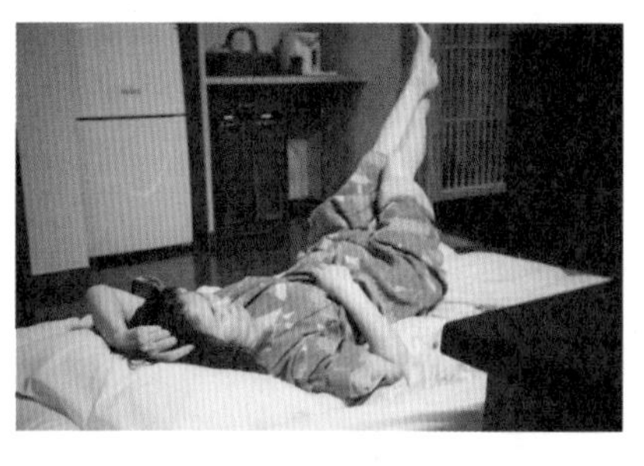

새벽 6시 30분의 엄마

봄나물

엊그제 장 봐둔 나물을 꺼내,

흐르는 물에 씻어 다듬고,
뜨거운 물에 살짝 데쳐서
건넨다.

나물을 차게 씻어 물기를
꼭 짠다.

엄마는 항상 말한다.
내가 같이 해준 덕분에
일이 빨리 끝났다고.

나는 별거 한 것도 없는데.

집 오는 길에 들러 엄마랑 함께 산 나물들
쑥갓 2천 원 미나리 2천 원 가지 하나에 3백 원
취나물 2천 원
부추 한 단 7백 원 방풍나물 3천 원.

투박하지 않아?

맘에 쏙 드는 화분을 발견하고는

요 며칠 동안
엄마는 노점을
그냥 지나치지 못하고 나에게

-저 뾰족한 거 너무 예쁘지 않니?
-어쩜 저렇게 파릇파릇하니.

라며 얘기한다.

파릇파릇하긴 한데,
너무 투박스럽지 않나.

다시 보니

오늘 집에 왔더니
며칠 동안 엄마가 얘기하던

그 투박한 화초 두 개가
베란다의 큰 화분에 옮겨 심어져 있더라.

아침에 운동 갔다가 오는 길에 사 왔다면서,
얘가 알고 보니 꽃도 피고
파릇파릇한 게 너무 예쁘다고 한다.

파릇하고 담백한,
조금은 무뚝뚝한 모양의 화초긴 한데.

아무래도
올여름 우리 집 베란다를 예쁘게,
시원하게 만들어줄 것만 같다.

엄마! 이 친구 이름은 금천죽이래.

그리고 꽃 피면 엄마가 좋아하는 산세비에리아꽃처럼

달콤한 향기가 가득할 거래.

이거 딸기꽃 아냐?

아파트 화단에
하얀 딸기꽃이 피어있었다.
엄마는 '산딸기꽃'이라고 했다.
어릴 적 시골에 살아서 들꽃을
꿰고 있는 엄마.
그런 엄마 옆에서 나도
꽃 이름, 풀 이름을
하나씩 하나씩 익혀간다.
지나가다 예쁜 꽃을 보면
자연스럽게 고개가 돌아간다.
유심히 바라도 봐보고
이름이 뭘까 고민도 해본다.
정말 몰랐는데
매일 지나치며 걷던 길이
알고 보니 꽃길이더라.

노란 저고리

엄마가 시집올 때.
그리고 나의 첫 생일 때
입었던 노란 저고리.

사진 속에서
엄마를 폭 감싸 안던
노란 저고리.

참

봄 같다.

따뜻하게 노랗고
우리 둘에게 의미 있는 시작을
함께한 옷이라 그런가.

to. 울 엄마

엄마! 엄마가 쓴 일기장을 보면서
사진 앨범도 오래간만에 보고 왔어.
앨범의 첫 페이지에서 엄마 등에
꼭 업혀있던 내가 정말 작더라.

지금은 엄마보다 한 뼘이나 큰데 말이야

앨범 페이지를 한 장, 두 장 넘기다 보니
어느새 두 발로 서서 엄마 손을 나란히
잡고 있고,
날 바라보며 뒤따라 걸어오는 엄마를
앞장서서 걷더니
마지막 페이지쯤에선
조용히, 그리고 멀찍이 서서 기다리는
엄마를 뒤로하고 친구들이랑 사진을
찍고 있더라.

여태껏 사진을 찍으면서 생각하지도
못했던 부분인데,

엄마는 이미 알고 있었으려나….

언제부턴가 내 사진, 기록 들 속에서
엄마 모습이 멀어져 가는 게 보여서 얼마나
미안하고 속상하던지.
엄마가 내게 남겨준 기록들처럼
내가 앞으로 같이 보내는 소중한 하루,
소중한 모습 들 더 많이 남길게.
엄마 이야기를 이렇게 기록하고
기억할 거야.

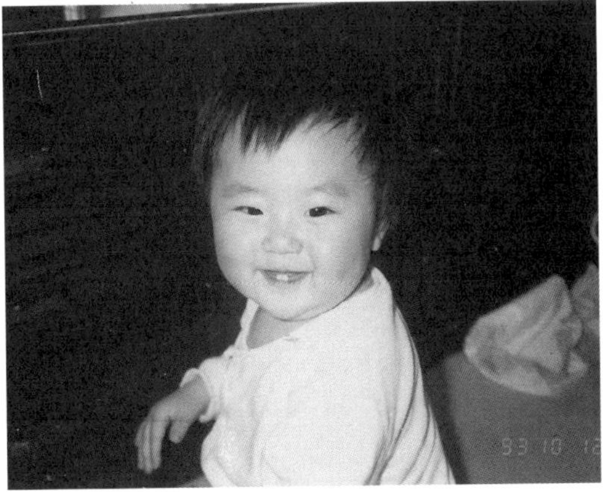

from mom

일흔일곱 장의 편지

엄마의 기록을 옮기며

1992년 10월.

화창한 가을에 시작된

나의 이야기로 빼곡한
그녀의 기록들은

마치,
사랑의 모든 종류가
가득 담겨있는
여러 장의 편지 같다.

태 아 때

MEMO

♡ 태몽 (누가, 언제, 무슨꿈을 –)

12月 28日 간염 1차 접종
1月 21日 B.C.G 접종
1月 26日 간염 2차접종

♥ 태아때 아기일기는 –

아기가 엄마뱃속에 잉태된 태아때부터 엄마는 심신이 건강하고 훌륭한 아기를 낳아 기르기 위하여 마음가짐이나 섭생을 소홀히 할 수 없으므로 임신초기부터 태아돌보기에 어떻게 노력했으며 가족과 남편의 기억해 둘만한 이해와 협조, 그리고 임신증세와 태동 등 특기할만한 점들을 기록해두면 좋은 추억이 될것입니다.

1992년 10월 19일 월요일 날씨 맑음

아주 화창한 가을 날씨란다.

오늘은 네가 꼭 31주 되는 날이다.

네가 배 속에서 얼마나 힘껏 노는지 엄마가 깜짝깜짝 놀란단다.

사람들은 모두 네가 딸이란다.

네 아빤 은근히 아들이었으면 하는 눈친데,

아빤 네가 딸이면 예뻐야 된다고 하신단다.

넌 아주 예쁘고 귀엽게 생겼을 거야.

엄마, 아빠가 아주아주 많이 사랑해서 네가 생겼으니까.

아기일기

○ 아기이름 : 정 채윤 (한문)
지어주신분 삼촌.

○ 생년월일 : 92 년 12 월 26 일
오전·오후 2 시 분
(음력 92 년 12 월 3 일)

○ 출생장소 : 우성 산부인과.

1992년 11월 23일 월요일 날씨 맑음

아가야 !

이제 네가 세상에 태어날 날도 한 달 남짓 남았구나.

아빤 네가 빨리 보고 싶은가 보구나.

엄마도 네가 빨리 보고 싶단다.

딸인지 아들인지 궁금하기도 하고….

하지만 네가 아들이건 딸이건 간에 건강하게 태어났으면 하고

엄마는 매일매일 기도한단다.

꼭, 건강하고 예쁘게 태어나야 한다.

1992년 11월 26일 목요일 날씨 맑음

오늘은 올해 들어서 가장 추운 겨울 날씨라고 방송에서 그러는구나.

아가야!

엄만 지금 네 아빠가 아주 많이 밉단다.

지금이 새벽 3시가 다 되어가는데도 연락도 없이

친구 아기 백일 집에 가서

아직 안 들어오고 있단다.

네 생각 해서라도 좋은 생각 좋은 마음만 가져야 되는데

가끔은 엄마가 너무 힘들고 외롭고 하니까

그런 맘을 갖지 못할 때가 많구나.

하지만 넌 엄마가 한 좋지 않은 생각들은 기억하지 말아다오. 부탁이다.

엄만 너에게 미안한 점이 참 많단다.

남들은 아기를 가지면 태교라고 해서 좋은 음식,

예쁜 것, 좋은 음악 등
아기에게 좋은 영향이 있으라고 많이들 애쓰는데
너에겐 그렇게 해주지 못하는 것이
늘 속상하고 안타깝고 그렇구나.

하지만 엄만 널 아주 많이 사랑하고, 네가 건강하
고 이쁘고….
엄마가 짜증 내고 속상해하더라도.
아니다. 앞으론,
엄마가 좀 힘들더라도 웃으면서 지내도록 하마.

1992년 12월 6일 일요일 날씨 비

오늘은 아빠가 네 이름을 채원이라 짓자고 하셨단다.
엄만 네가 배 속에서 꼬물꼬물 움직일 때마다 빨리 네가 보고 싶단다.
엄마랑 아빠 중 누굴 닮았는지도 궁금하고 네가 건강한지도 궁금하고
혜령이 언니가 이모 배 속의 아기는 언제 나오는지 궁금하대.
아가야!
널 아주 많이 사랑한다. 엄마랑 아빠랑 모두가.

1992년 12월 20일 일요일

아가야 !

내일은 네가 세상에 태어날지도 모르는 날이란다.

21일이 예정일이거든.

그런데 정확한 것이 아니니까, 믿을 수는 없단다.

엄마는 걱정도 되고 무섭기도 하고 그렇단다.

너를 건강하게 무사히 잘 낳아야 할 텐데,

아가야!

너도 건강하게 세상에 나와야 한다. 알았지.

1992년 12월 22일 화요일 날씨 맑음

아가야!

예정일이 하루가 지났는데 넌 아직 세상 구경을 하고 싶지 않은가 보구나.

삼촌이 날씨가 너무 추워서 네가 나올 생각을 안 하나 보다고 하셨단다.

배 속에서 꼼지락꼼지락 움직이는 널 보면 생명이 참 귀하고

소중하다는 걸 새삼 느낀단다.

아가야!

꼭 건강하게 태어나야 해.

1992년 12월 25일 금요일

밤 10시부터 배가 아프기 시작했다.

아기가 태어날 것 같았다.

아빠는 24일이나 25일 중에 태어나면 생일로 기억

하기 쉽다고 했는데

너는 내일쯤에나 태어나려나 보구나.

월령 0 개월(신생아)

*아기 사진을 붙여주세요

(신생아) 신장 : cm 체중 : 3.2 kg

표준치 : 남51.4cm 여50.5cm 표준치 : 남3.40kg 여3.24kg

♥ 출생후 아기일기는 -

출생시부터 각 개월마다 아기가 자라는 모습을 기록하고 아기를 기르면서 느낀 감정, 아기에게 들려주고 싶은 이야기, 아기의 환경에 대한 사항, 귀여운 아기의 모습이 담긴 사진, 아기의 특징 등을 아기일기에 담아두면 후일에 엄마·아빠에게는 좋은 추억이 될것이며 아기가 성인이 되었을때 전해주면 무엇보다도 값진 선물이 될것입니다.

또한 예방접종과 질병의 메모등은 건강과 질병에 대한 진단때 의사선생님이 정확한 판단을 하는데 참고가 되기도 합니다.

♡ 갓 태어난 아기는 어른과는 여러가지로 많은 차이점이 있으므로 그 특성을 잘 알아 두지 않으면 안됩니다. 또한 아기에게 엄마·아빠가 사랑을 쏟아야 제대로 성장하게 됨을 알아두어야 합니다.

○ 출생신고 – 생후 1개월 이내에 아기의 이름을 지어 본적지나 거주지 동사무소에 출생신고를 하여야 합니다.

1992년 12월 26일 토요일 날씨 맑음

어젯밤부터 아프기 시작했는데 점점 더 통증이 심해졌다.
허리가 얼마나 아픈지, 너를 낳는 것이 너무 힘들게 느껴졌단다.
아침에 아빠랑 할머니랑 병원에 갔는데 아직은 때가 안 되었다고 해서
도로 집에 왔단다.
집에 온 뒤로 배가 얼마나 아프던지… 허리도 몹시 아팠단다.
12시쯤에 병원에 다시 가서 2시 25분에 너를 낳았단다.
순산을 했다고 모두 기뻐했단다.

할머니는 갓난아기인 너보고 밀알 같다고 하셨단다.
넌 처음 태어났을 때 아주 예쁘고 귀여웠단다.
그리고 네 이름은 채원이라고 짓기로 했단다.

딸일 거라고 모두들 그래서 네 삼촌이 지어주셨단다.

정 채원, 이름이 지적이지 않니?
사랑한다 채원아.

1992년 12월 28일 월요일 날씨 맑음

네가 처음으로 간염 예방주사를 맞고 퇴원했단다.
저녁에 네 고모부랑 고모가 장미꽃과 안개꽃이
예쁘게 어우러진 꽃바구니를 갖고
채원이가 태어난 걸 축하해주셨단다.
고모랑 고모부님 그리고 한진이 오빠가
너보고 예쁘다고 하셨단다.
엄마는 네가 예쁘다고 해서 기분이 무척 좋았단다.

1992년 12월 29일 화요일 날씨 맑음

채원이를 낳고 엄마 몸이 회복될 때까지
둘째 이모가 돌보아주기로 해서 안양 이모네로 갔단다.
이모랑 이모부 그리고 혜령이 언니가 너를 반갑게 맞아주었단다.
외삼촌도 너를 보러 오셨단다.
이모님이 너보고 그림 같다고 하셨단다.
엄마는 아빠랑 당분간 떨어져 있어서 아빠가 보고 싶단다.

1992년 12월 30일 수요일

혜령이 언니가 네가 예뻐서 어쩔 줄을 모르는구나.
네가 울면 엄마보다 먼저 달려가서 보고, 너를 얼러주느라고 재주를 부리는구나.
채원이가 예쁜 짓 하느라고 생긋생긋 웃으면
엄마랑 이모는 네 웃음이 가슴을 살살 녹인다고 했단다.

1992년 12월 31일 목요일

아빠가 널 보러 오셨단다.

아빤 네가 무척이나 귀엽고 예쁘신가 보다.

아빠가 네 작은 발에 뽀뽀를 하며 예뻐하셨단다.

손도 작고 예쁘고

눈, 코, 입 어디 한군데 예쁘지 않은 곳이 없구나.

1993년 1월 1일 금요일

넌 며칠 되지도 않았는데 벌써 두 살이란다.
아빤 내일부터 출근이라 집으로 돌아갔단다.
엄만 가끔 네가 옆에 있는 게 실감이 나지 않는구나.
쌔근쌔근 숨 쉬는 소리,
이마에 촉촉하게 땀이 배도록 힘껏 젖을 빨아대는
네 모습이
어찌나 예쁘고 사랑스러운지 모른단다.

1993년 1월 15일 금요일 날씨 맑음

17일 날 집으로 돌아가려고 했는데
날씨가 갑자기 추워진다고 해서 오늘 집으로 돌아왔단다.
외할머니는 수술을 하셔서 너를 보러 오지 못해 몹시 서운해하셨단다.
이모가 그동안 너를 목욕시켜주고, 안아주고, 얼마나 예뻐했는데
네가 집으로 오니 섭섭한가 보구나.
엄마는 네 이모님께 무척 고맙게 생각한단다.
어렸을 땐 둘째 이모랑 엄마랑 무지 많이 싸우면서 자랐는데
지금은 그래도 가장 많이 이해해주고 허물없이 지낸단다.

1993년 1월 19일 화요일 날씨 맑음

할머니께서 너를 보고 네 아빠를 그대로 닮았다고 하신단다.
사람들은 모두 너보고 예쁘고 여자애 티가 난다고 그런단다.
까만 머리, 조금 나온 이마. 한쪽 눈에만 진 쌍꺼풀, 작고 오뚝한 코, 꼭 다문 입술
엄마가 봐도 정말 귀엽고 예쁘다고 했더니
아빠가 자기 자식이 예쁘지 않은 사람도 있냐고 놀리신다.
네가 생긋 웃으면 정말 반할 만큼 예쁘단다.

1993년 1월 21일 목요일 날씨 맑음

아빠랑 엄마랑 너를 데리고 병원에 다녀왔단다.
B.C.G 예방주사 맞으러 갔었단다.
의사 선생님께서 이곳저곳 진찰을 하는 동안 넌 계속 쿨쿨 잠만 잤단다.
주삿바늘이 네 몸에 꽂히는 것을 차마 보지 못하겠더구나.
넌 주사 놓을 때만 잠깐 앙앙 울었단다.
사랑하는 딸 채원아!
예쁘고 건강하고 사랑스럽게 자라다오.
엄마, 아빠는 네가 그렇게 자라도록 힘닿는 데까지 도와주마.

1993년 1월 25일 월요일 날씨 맑음

채원아!

오늘은 엄마 혼자서 네 몸을 씻겼단다.

네 엉덩이가 빨갛게 짓물렀길래 시원하게 해주었단다.

기저귀며 수건이며 똥을 잔뜩 묻혀놓았더구나.

넌 엄마가 혼자 널 목욕시키는 것이 힘든 줄 아는지

아주 예쁘게 가만히 있었단다.

네 조그만 엉덩이는 얼마나 예쁜지 모른단다.

엄마가 널 얼마나 예뻐하는지는 이다음에 네가 엄마가 되면 알 수 있을 거란다.

어제는 네 고모님이 엎어서 키우라고 하셔서 엎어놓았더니

목을 벌써 가누는구나.

처음에 갸름하던 네 얼굴이 이젠 토실토실 아주 복스러워졌단다.

할머니께선 널 보러 온 사람마다 네가 밀알같이 예쁘다고 자랑하신단다.

월령 1개월

*아기 사진을 붙여주세요

신장 : 67. cm 체중 : 4.4 kg

표준치 : 남57.0cm 여56.2cm 표준치 : 남5.17kg 여4.87kg

MEMO

너무 많이 토해서 병원에 갔더니 괜찮다면서

[illegible]

밤에 14시 2~4시 [illegible] [illegible] 잘 [illegible].

[illegible]

○ 소아과 의사 선생님의 검진을 받습니다.
○ 수유시간이 대개 정해지므로 일정한 리듬을 가지고 먹이도록 합니다.
○ 바깥날씨가 차지 않을 때는(10℃ 이상일때) 밖에 나가 맑은 공기를 쐬여 줄 수 있습니다. (직사일광을 피하고 처음에는 5분정도)
○ 아기를 안을때는 누워있는 자세로 30°정도로 비스듬히 잘 받쳐 안아야 합니다.

1993년 1월 27일 수요일 날씨 맑음

채원아!

요즈음 너는 깍쟁이가 되어서 잠들 때도 꼭 안겨서 자려고만 한단다.

한 달 동안 넌 몰라보게 많이 자랐단다.

네 잠든 얼굴을 들여다보면 엄마 가슴은 얼마나 뿌듯하고 감격스러운지 모른단다.

배냇짓을 하느라고 생긋생긋 웃기도하고,

찡그리며 우는 흉내도 내고

어쩜 이렇게 사랑스럽고 예쁜지

엄마, 아빠는 너를 보고 있으면 너무너무 행복하단다.

1993년 2월 4일 목요일

사랑하는 채원아!

엄마는 요즘 먹지 않아도 네 얼굴만 보고 있어도 배가 부르단다.

잠결에 살며시 눈을 뜰 때 네 모습이 얼마나 예쁜지 모른단다.

지금 네 모습은 태어날 때의 갸름하고 상큼하던 모습은 사라지고

빰이 통통하니 복스러워졌단다.

하지만 엄마는 걱정이 앞서는구나.

네가 며칠 전부터 젖을 먹고는 토하고 해서 엄마는 속상하단다.

어디 다른 곳이 불편한 건 아닌지 안타깝기 그지없단다.

채원아!

부디 아무 탈 없이 건강하게 자라다오.

1993년 2월 8일 월요일 날씨 맑음

채원아!

엄마는 너 때문에 어젯밤 한숨도 못 잤단다.

안아달라고 보채고 백설공주 얘기며 쥐순이의 신랑감 얘기며

몇 가지나 들려주고 토닥여주었지만 넌 그때뿐이었고

엄마가 요에다 누이기만 하면 으앙 하고 울어버렸단다.

엄마, 아빠는 졸려서 꾸벅꾸벅 졸면서 널 달랬단다.

하지만 엄마는 채원이가 무척이나 사랑스럽단다.

오늘 밤 너의 자는 모습은 허수아비처럼 두 팔을 쭉 펴고 자는구나.

또 얼마나 고집쟁이가 되어버렸는지 엄마가 고개를 옆으로 돌려주면

네가 편한 대로 휙 돌려버리곤 하는구나.

지금은 처음 널 낳았을 때의 모습이 전혀 없단다.
하루하루 달라지는 네 모습이 엄마는 대견하고 예쁘단다.
채원아!
오늘 밤도 벌써 12시가 지났는데 잠이 안 오니?
오늘은 좀 잠 좀 자자.
엄마는 피곤하고 자고 싶단다.

1993년 2월 20일 토요일 날씨 맑은 뒤 흐림

오늘은 우리 채원이가 낮잠을 많이 자는구나.
며칠 전부터 낮에는 잠도 안 자고 밤 12시가 넘어야 잠자더니
요즘, 우리 예쁜이는 가끔씩 입을 오물거리며 옹알이도 한단다.
목욕시킬 때면 번쩍번쩍 일어서기도 하고, 피부도 조금 뽀얗게 되고
채원이는 어쩌면 아빠를 그렇게 꼭 닮았는지
아빠 백일 사진이랑 지금 네 모습이랑 꼭 찍어놓은 닮은 꼴인 거 아니?
채원아!
하루하루 조금씩 자라고 처음엔 헐렁하던 옷들이
손이 쏙 나올 만큼 몸에 맞고
뉘어놓으면 이불을 다 걷어차고 맨다리로 버둥거리고
네 모습 하나하나가 엄마, 아빠는 얼마나 예쁘고 사랑스러운지 모른단다.

1993년 2월 21일 일요일 날씨 비

우리 딸 채원이가 어젯밤에 엄마를 놀라게 했단다.
새벽 1시에 잠이 든 네가
4시쯤에 깨어서 칭얼거리길래 보니까
네 잠자리에 채원이가 없지 뭐니?
발로 밀어서 머리맡에서 버둥거리고 있지 뭐니.
발이 차갑게 얼어서 엄마는 감기 걸릴까 봐 얼마나 걱정했는지….
어쨌든 엄마는 네가 너무 대견해서, 한참 안고 있었단다.

1993년 2월 22일 월요일 날씨 맑음

이모가 내일이나 모레쯤 널 보러 오신다고 전화하셨단다.
혜령이 언니가 네가 보고 싶다고 보러 가자고 조른다는구나.
지금 넌 새근새근 자고 있단다.
잠든 네 모습을 삼촌이 보고는 예뻐서 어쩔 줄 모르는구나.
잠자면서 살짝 눈을 올려 뜰 때 양쪽 눈에 쌍까풀이 얼마나 예쁜지 삼촌이 홀딱 반했나 보구나.
입을 꼭 다물고 어제보다 더 또릿또릿해진 모습이 아주 귀엽단다.

1993년 2월 26일 금요일 날씨 맑음

오늘은 채원이가 두 달 되는 날이란다.

내일이 할아버지 생신이라 음식을 장만하다가

오후에 아빠 차 타고 병원에 갔단다.

우리 채원이 소아마비랑 D.P.T 예방주사를 맞으려고 갔었단다.

키도 많이 자라고 몸무게도 늘었단다.

키가 60cm, 몸무게가 5.25kg이란다.

네가 태어났을 때보다 체중이 2kg이나 늘었단다.

예쁜 아가 채원아!

예쁘고 건강하고 그리고 똑똑하게 자라다오.

월령 2개월

*아기 사진을 붙여주세요

신장 : 60 cm 체중 : 5.25 kg

표준치 : 남60.3cm 여59.2cm 표준치 : 6.22kg 여5.82kg

MEMO

손을 빨고. 안아주는것 보채다.

서서보 [illegible] 한다.

옹알이도 잘하고 눈을 맞추면 방긋방긋

잘 웃는다.

○ 생후 2개월에 실시하는 경구용 소아마비, 디피티 (D. P. T) 간염예방접종을 잊지 말아야 합니다.

○ 팔, 다리 운동이 활발해 집니다.

○ 땀구멍이 발달되어 더울때는 땀을 흘리게 되므로 속옷을 자주 갈아 입히는 등의 의복조절에 주의가 필요합니다.

1993년 2월 27일 토요일 날씨 맑음

오늘은 할아버지 생신이란다.

네가 혼자서 잠도 잘 자고 울지도 않고

생신이라 오신 친척분들이 너에게 칭찬을 많이 했단다.

엄마 바쁜 줄 알고 얌전하게 있다고.

엄마가 많이 같이 있어주지 못해서 미안하다.

예쁜 아가야!

1993년 3월 6일 토요일 날씨 흐림

우리 딸 채원이가 요즈음은 옹알이도 아주 예쁘게 잘한단다.

눈을 마주치면 방긋방긋 웃고 깨어있을 때는

날아갈 것처럼 팔, 다리를 움직여댄단다.

엄마가 안아주면 서있으려고만 한단다.

아직 기지도 못하면서 말이다.

겨드랑이를 잡아주면 발딱발딱 서서 발을 떼어놓는 네 모습이

얼마나 예쁜지 모른단다.

채원아! 어제는 네가 몇 시에 잤는지 아니?

새벽 3시에 잠들었단다.

엄마가 안아서 기껏 잠들게 해서 요에 누이면 5분도 안 되어 으앙 하면서 깨어났단다.

아빠는, 엄마랑 같이 있고 싶은데

네가 엄마를 차지하고 있으니까

아빠가 너보고 빨리 자라고 성화를 부리셨단다.

예쁜 딸 채원아!

엄마가 부탁 하나만 할까.

조금만 일찍 자고 일찍 일어나면 안 되겠니?

잠꾸러기. 지금이 11시 30분인데도

계속 새근새근 잠자고 있구나.

기저귀를 갈아주느라 엉덩이를 쳐들어도 깨지도 않

고 잠만 자는구나.

예쁜 아가 채원아 !

엄마 아빠는 너를 너무나 사랑한단다.

1993년 3월 13일 토요일 날씨 맑음

아주 화창한 봄날이란다.

채원아! 오늘은 네가 처음으로 나들이를 했단다.

이모할머니네 아기가 돌이라 그곳에 갔었단다.

사람들이 너보고 머리가 까맣고 여자 아기 같다고 했단다.

이모님네서 오다가 아빠 차가 고장이 나서 택시 타고 버스 타고 그러면서 집에까지 왔단다.

우리 채원이가 많이 피곤했는지 자느라고 정신이 없구나.

아가야 예쁘고 곱게 자라다오. 사랑한다.

1993년 3월 15일 월요일

요즈음 들어 우리 채원이 옹알이 소리가 아주 커졌단다.
오늘은 큰 소리로 웃기도 했단다.
엄마가 너 보는 앞에서 먹으면 너는 쩝쩝 입맛을 다시곤 한단다.
너의 그런 모습이 얼마나 예쁜지,
밤에는 더울까 봐 기저귀만 채워놓으면
넌 이불을 다 걷어차고 이불 위에 두 다리를 떡 올려놓고 쿨쿨 자고 있단다.
엄마는 네 차가워진 다리를 따뜻하게 덮어주면서
네가 이만큼 자란 것이 얼마나 신기한지.
너를 품에 안을 때마다 네가 자라는 것처럼 엄마의 기쁨도 자란단다.

월령 3개월

*아기 사진을 붙여주세요

신장 :　　cm　체중 :　　kg

표준치 : 남63.4cm 여62.2cm　표준치 : 남7.04kg 여6.66kg

MEMO

4月 26일 소아마비 DPT 예방주사

4月 4日 처음의 [illegible]

낮에는 잠만자고 밤에는 [illegible] 소리 지르고

울고 웃고 소리내어 [illegible] 웃는다.

○ 손에 들려주는 장난감이 필요하게 됩니다.
○ 수유간격이 규칙적으로 되어 밤중의 수유는 중지해도 됩니다.
○ 골격이 단단해져서 목을 가눌 수 있게 됩니다.
○ 백일이 지나면서부터 이유식을 조금씩 시작하는것이 좋습니다.
○ 3개월째에도 2개월에 이어 간염예방접종을 받아야 합니다.

1993 년 4 월 4 일(日 요일) 날씨 맑음

채원이 백일이란다.
네 백일과 할머니 생신이 겹쳐서 엄마는 아주 바쁘고
힘들었단다.
우리 채원이는 칭찬만 들으려고 울지도 않고 얼마나 잘자고
잘 웃는지 사람들이 모두 엄마를 닮았다고 했단다
처음엔 엄마는 외가로 닮았고 아빠만 닮았더니
이제는 엄마랑 똑같다고 그런단다.
아기들 얼굴은 열번 변한다고 그런단다.

19 년 월 일(요일) 날씨

엄마는 네가 아빠를 더 많이 닮았으면 좋겠는데
네 아빠가 예쁘게 생기셨잖니
채원이 백일 때라 선물도 아주 많이 들어 왔단다.
할머니랑 외할머니께서 네 백일상 차려주시고
외할머니께서 떡 해 주시고 이쁜 옷이랑 보행기 사주시고
고모네도 채원이 옷 사주시고 네 선물은 너무
반지 12돈 하고 분홍개랑 옷 4벌이랑 들어왔단다
그리고 우리 장난감도 샀었단다.

19 년 월 일(요일) 날씨

엄마는 우리 채원이가 건강하고 예쁘게 자랐으면 하고
매일 기도한단다
그런데 우리 채원이 밤에도 좀 잘잤으면 좋겠는데.
엄마 밤낮잠자 들어올래
엄마가 너무 피곤해서 그럴때는 채원이가 얼마나 싫은지 모른다.
사랑한다. 채원아

1993 년 4 월 6 일(火 요일) 날씨 맑은뒤에 맑음

오늘은 네이름으로 된 통장을 만들었단다.
이다음에 네 일에서 쓸거란다.
네 백일을 축하해 주러 오신 분들이 주신 봉투 통장에
넣어서 만들었단다.
금반지랑 팔찌도 이 돈이 필요해서 쓸거란다.
그리고 오늘 할아버지께서 대추나무 묘목으로 사오셔
네 백일 기념식수를 했단다
엄마는 할아버지, 할머니께서 널 얼마나 사랑해 주시는지

○몸과 팔다리를 적당히 움직여 주는 운동을 시도해 봅니다.

1993년 4월 4일 일요일 날씨 맑음

채원이 백일이란다.
네 백일과 할머니 생신이 겹쳐서 엄마는 아주 바쁘고 힘들었단다.
우리 채원이는 칭찬만 들으려고 울지도 않고 얼마나 잘 자고 잘 웃는지
사람들이 모두 엄마를 닮았다고 했단다.
처음엔 엄마는 하나도 안 닮고 아빠만 닮았더니
이제는 엄마랑 똑같다고 그런단다.
아기들 얼굴은 열 번 변한다고 그런단다.
엄마는 네가 아빠를 더 많이 닮았으면 좋겠는데.
네 아빠가 예쁘게 생기셨잖니.

채원이 백일이라 선물도 아주 많이 들어왔단다.
할머니랑 외할머니께서 네 백일상 차려주시고
외할머니께서 팔찌 해 오시고 이모가 옷이랑 보행기 사주시고

고모님도 채원이 옷 사주시고 네 선물은 모두 반지 12돈하고 보행기랑 옷 4벌이랑 들어왔단다.
그리고 오리 장난감도 사 오셨단다.

엄마는 우리 채원이가 건강하고 예쁘게 자랐으면 하고 매일 기도한단다.
그런데 우리 채원이 밤에도 잠 좀 잘 잤으면 좋겠는데,
엄마 부탁 하나 들어줄래.
엄마가 너무 피곤해서 그럴 때는 채원이가 일찍 좀 잤으면 한단다.
사랑한다, 채원아.

1993년 4월 6일 화요일 날씨 맑은 뒤 비 다시 맑음

오늘은 네 이름으로 된 통장을 만들었단다.

이다음에 널 위해서 쓸 것 같다.

네 백일을 축하해주러 오신 분들이 주신 걸 통장에 넣어서 만들었단다.

금반지랑 팔찌도 이담에 널 위해서 쓸 거란다.

그리고 오늘 할아버지께서 대추나무 묘목을 사다가

네 백일 기념식수를 했단다.

할아버지, 할머니께서 널 얼마나 사랑해주시는지

엄마는 너무너무 기쁘단다.

밤에 외할머니께 전화를 드렸더니 네가 눈에 자꾸만 밟힌다고 하시는구나.

외할머니가 너보고 아주 귀엽고 또릿또릿하고 순하고 예쁘게 생겼다고 하셨단다.

엊그제 보았는데도 또 보고 싶다고 하셨단다.

엄마는 네 모습만 보고 있어도 배가 부르고 가슴이 뿌듯하고

음 또 아주아주 행복하단다.

엄마를 이렇게 행복하게 해주는 네가 아주 사랑스럽고 고맙단다.

1993년 4월 14일 수요일 날씨 맑음

채원이는 지금 새근새근 자고 있단다.
잠자는 뒷모습이 얼마나 작은지 안쓰럽기까지 하단다.
네가 태어난 지 110일이 되었단다.
깔깔대는 웃음소리도 아주 많이 커지고 아우아으 질러대는 기러기 소리는 더 크단다.
밤에도 2~3시까지 안 자고 놀아달라고 소리 지른단다.
어제는 엄마 팔 베고 '아유' 하며 소리 지르다가 잠들었단다.
내일은 이모님네로 큰이모님 보러 가자. 넌 큰이모 아직 본 적 없지? 엄마랑 많이 비슷하단다.

1993년 4월 26일 월요일 날씨 흐림

바람이 몹시 불었단다.

오늘은 네 예방주사를 맞히는 날이라 아빠가 출근하셨는데 어쩔 수 없이 엄마가 널 업고 병원에 갔단다.

오늘이 꼭 4개월 되는 날인데 네 몸무게는 7kg이었단다.

소아마비 예방약 먹고 D.P.T 예방주사를 맞는데 네가 아픈지 앙앙 울었단다.

어제부터 세레락이랑 유아식 주스를 먹였더니

네가 아주 쩝쩝거리면서 잘 먹었단다.

응가도 이삼일에 한 번만 하고 응가할 때는 힘이 드는지

입을 꼭 다물고 주먹을 꼭 쥐고 끙끙하면서 눈단다.

그 모습이 얼마나 예쁘고 귀여운지 네가 응가할 때 엄마가 네 두 손을 꼭 잡아주었단다.

사랑한다, 채원아.

월령 4 개월

＊아기 사진을 붙여주세요

신장 : cm 체중 : 7.0 kg

표준치 : 남65.1cm 여64.0cm 표준치 : 남7.62kg 여7.15kg

MEMO

뒤집기도 하고 이유식도 시작했다

머리를 밀어주었다.

◦ 생후 4개월에 실시하는 경구용소아마비, 디피티(D.P.T) 등의 예방접종을 잊지 말아야 합니다. (간염예방접종은 제품에 따라 4개월에 받기도 합니다)
◦ 4개월이 되면 아기의 머리는 거의 단단해 집니다. 때로는 엎드려 놓으면 머리를 쳐들게 되는데 이것은 배, 팔 근육의 발달을 촉진하는 효과가 있습니다.
◦ 모유가 부족되는 시기이므로 체중증가에 관심을 가져야 합니다.

1993년 4월 27일 화요일 날씨 맑음, 흐림, 비

채원아!

오늘은 할머니랑 셋이 미장원에 가서 네 머리를 빡빡 밀었단다.

미장원 아줌마가 너보고 엄마 닮았다면서 예쁘다고 했단다.

채원이는 머리를 밀었는데도 얼마나 예쁘고 귀여운지 꼭 영화에 나오는 동자승 같았단다.

더 또릿또릿하고 예쁘단다.

지금 채원이는 손으로 엄마 코를 잡고 장난하고 있단다.

1993년 5월 4일 월요일 날씨 맑음

저녁에 세수를 하고 들어오니 네가 엎드려있었단다.
엄마는 똑바로 뉘어놓았는데.
할머니가 손 다오 하면 냉큼 손을 갖다 할머니 손에 얹고,
요즘 네가 자라는 모습이 엄마는 얼마나 신기한지.
네가 이담에 엄마가 되면 이 엄마의 기쁨을 이해할 수 있을 거란다.
채원이는 요즘 밤에는 늦게까지 놀고 낮에는 쿨쿨 잠만 잔단다.
낮에 놀고 밤에 잘 잤으면 좋겠단다.
채원아! 사랑한다.

1993년 5월 16일 일요일 날씨 맑음

아빠 친구 자언이네 식구랑 통일전망대에 놀러 갔었단다.
김밥을 싸가지고.
전망대까지 걸어서 올라가는 동안
넌 계속 옹알이를 하느라고 중얼거렸단다.
이젠 혼자서도 (유모차를 태워주면) 곧잘 놀고
잠자는데 깨우면 신경질을 부리며 막 울곤 한단다.
젖을 먹다가도 제대로 안 나오면 엄마 젖꼭지를 꽉 깨물어버리곤 해서 엄마가 너무 아프단다.
하지만 젖을 먹다가도 옆에서 발소리만 나도
눈을 동그랗게 뜨고 빤히 쳐다보는 모습이 얼마나 예쁜지
그럴 때마다 엄마는 널 꼭 안아준단다.
주먹을 꼭 쥐고 엄마 옷으로 네 얼굴을 꼭 가리면서
젖을 빠는 네 모습이 너무 앙증맞고 사랑스럽단다.
빡빡 밀어버린 머리도 이제는 1cm 정도 자랐단다.
넌 얼마나 또릿또릿하고 야무진지 할머니께선 널보고 대추나무 방망이라고 하신단다.

월령 5개월

*아기 사진을 붙여주세요

신장 : 68 cm 체중 : 7.5 kg

표준치 : 남67.4cm 여65.9cm 표준치 : 남8.07kg 여7.58kg

MEMO

~~두위 : 40cm~~ 흉위 46cm
머리 40cm
엉덩이 45cm

몸을 자유 자재로 굴러서 다닌다.
보행기도 잘 타고 휴지도 뽑아 놓고
하루에 [illegible] [illegible] 맛있게 먹는다.

○ 수유만으로는 영양이 부족하므로 이유식을 해야 합니다.
○ 손에 잡히는 것은 입으로 가져가게 되므로 위험한 것을 주위에 두지 말아야 합니다.
○ 아기의 일과표를 만들어 깨어있는 시간, 잠, 식사, 목욕 등의 시간이 규칙적으로 이루어지도록 합니다.

1993년 6월 3일 목요일 날씨 흐림

아침에 응가를 두 번이나 했단다.
그리고 엄마 젖을 먹고는 또 쿨쿨 자느라고 정신이 없단다.
어제는 채원이가 보행기를 타고 다니면서 화분의 흙을 파서 마룻바닥을 어지럽혀놓았단다.
군자란에는 손가락을 집어넣어 구멍을 뻥 뚫어놓고 저녁에는 배가 고픈지, 달걀 반 개랑 이유식을 섞어서 주었더니 쩝쩝거리면서 먹고는 양이 안 차는 듯 옷이며 얼굴에 다 묻혀가면서
그릇째로 빨아 먹느라고 정신이 없더구나.
그 모습이 우습기도 하고 귀엽기도 하고.
요즈음은 채원이 자라는 모습을 보는 것이 아주 큰 행복이란다.
그리고 네 아빠가 너 보면 뭐라는 줄 아니?
고개를 꼿꼿이 세우고 턱을 바짝 쳐들고 눈을 똥그랗게 떠야지 네가 아주 예쁘다고 하신단다.

그러니까 할머니께서 아빠가 채원이 봐줄 때는 그렇게 하라고 해서 웃었단다.

우리 채원이 예쁜 딸 노릇 하기 힘들다.

요즈음은 채원이가 쌍까풀도 얼마나 예쁘게 지는지 모른단다.

엄마 손 잡고 걸음마도 몇 발자국 떼어놓고

서랍 문 잡고 장난도 치고

두 눈 동그랗게 뜨고 호기심을 보일 때 네 모습이 너무 사랑스럽단다.

채원아!

건강하게 자라야 한다.

1993년 6월 10일 목요일 날씨 흐림

오후에 아빠가 일찍 퇴근해서 미애 이모네 가기로 했는데,
오후 2시 30분에 출발해서 이모네에 7시 30분에 도착했단다.
미애 이모가 채원이에게 예쁜 신발을 사주었단다.
저녁을 먹으러 갔을 때는 소희랑 둘이서 얼마나 크게 울어대는지 달래느라고 혼났단다.
그렇게 차를 오래 타고 해서 피곤할 텐데도 넌 여전히 12시가 넘어서야 잠들었단다.

1993년 6월 11일 금요일 날씨 맑음

오늘은 채원이가 태어난 뒤 처음으로 외가댁에 갔단다.
외할아버지도 처음 뵙고 외삼촌도 처음으로 뵈었단다.
널 얼마나 예뻐하셨는지 모른단다.
삼촌은 네가 신기한지 안고 뽀뽀해주고 둥게둥게 해주고 예뻐서 어쩔 줄 몰라 하셨단다.
눈만 마주치면 생긋생긋 얼마나 잘 웃는지
외할머니께서 너보고 이담에 연애를 얼마나 잘하려고 생긋생긋 잘 웃냐고 난리셨단다.

1993년 6월 16일 수요일 날씨 맑음

아침에 부지런히 목욕하고 할머니랑 인구에 와서 버스를 타고 물치에 내려서

공항 가는 택시를 타고 속초 공항에 갔단다.

일주일 동안의 휴가를 마치고 외갓집에서 채원이네 집으로 돌아왔단다.

아빠가 그동안 엄마랑 우리 채원이가 너무너무 보고 싶었다고 우리 채원이를 꼭 안아주셨단다.

할머니랑 할아버지 삼촌도 우리 채원이 오랜만이라며 아주 많이 반겨주셨단다.

우리 채원이는 태어난 지 5개월 20일 만에 비행기도 타보았단다.

넌 쿨쿨 잠만 자서 비행기를 탄 것도 몰랐지?

엄마 젖 물고 쿨쿨 자면서 서울까지 왔단다.

1993년 6월 20일 일요일 날씨 화창함

며칠 전부터 잇몸이 하얗게 부어올라 혀를 쏙쏙 내밀고 입술도 자꾸 빨고 하더니
오늘은 드디어 우리 채원이 아랫니가 두 개 나왔단다.
얼마나 신기하고 예쁜지 엄마가 몇 번이나 만져보았단다.
아빠도 신기해하셨고, 안양 이모에게 전화해서 채원이 이가 났다고 자랑했단다.
채원아! 예쁜 이가 두 개 난 것처럼, 그렇게 예쁘게 자라다오.

1993년 6월 21일 월요일 날씨 맑음

발 : 9.8cm

발목 : 12cm

손 : 8.5cm

손목 : 9.5cm

종아리 : 18.5cm

허벅지 : 25cm

허리 : 41cm

키 : 72cm

1993년 6월 26일 토요일 날씨 맑음

오늘이 간염 3차 접종일인 줄 알고 병원에 갔는데 28일이란다.
어제 아빠가 월급을 타 오셔서 오늘은 채원이에게 여름옷 두 벌과 티셔츠 한 벌을 사주고
장난감 오뚝이랑 피리공도 사주었단다.
가게 아줌마가 채원이 머리에 예쁜 핀도 꽂아주었단다.
채원이는 지금 꼬까옷 입고 새로 산 장난감에 흠뻑 빠져서 노느라고 정신이 없단다.
혼자 소리를 지르면서 노는 모습이 예뻐서 사진을 찍어주어야지.

월령 6개월

＊아기 사진을 붙여주세요

신장 : cm 체중 : 8.0 kg

표준치 : 남69.0cm 여67.4cm 표준치 : 남8.45kg 여7.88kg

MEMO

6月 28日 간염 3차 접종

[illegible]

[illegible]

9. 8. 소아마비 DPT 예방접종 [illegible]

○ 생후 6개월에 실시하는 경구용소아마비, 디피티 (D. P. T) 등의 예방접종을 잊어서는 안됩니다.

○ 영양의 일부는 이유식 쪽에서 섭취하게 되는 때이므로 계란노른자, 죽, 두부, 생선살 으깬것을 즐겨먹는듯 하면 하루 2회정도 이유식으로 주도록하며 보다 여러가지 식품을 조금씩 등장시켜봅니다.

1993년 6월 27일 일요일 날씨 맑음

안양 이모가 온다고 해서

아빠랑 같이 외출했단다.

이모랑 이모부가 채원이 보고

엄마 닮았다고 하셨단다.

하지만 엄마가 보기엔

엄마보단 채원이가

음… 한 열 배쯤은 예쁜 것 같은데

채원인 어떻게 생각하니?

우리 채원이는 요즘

어부바만 하면 울다가도

입을 크게 벌리며 웃는단다.

채원아!

어부바하면 그렇게도 좋으니?

1993년 6월 28일 월요일 날씨 비

엄마는 할 일이 너무 많은데 채원이가
얼마나 울어대는지 미워서 때려주었단다.
그러고 나서 엄마 마음이 얼마나 아프고
속상했는지 모른단다.
병원에 가서 간염 예방주사를 맞는데,
우리 채원이는 울지도 않았단다.
간호사 언니랑 의사 선생님께서 채원이
울지도 않는다고 예쁘다고 하셨단다.
그리고 미애 이모네 소희 아기 옷을 사서
우체국에 가서 부쳐주었단다.
채원이랑 똑같은 거로 사서 부쳐주었단다.
나중에 만나서 둘이
똑같은 옷을 입고 있으면 얼마나 귀여울까.
너무 예쁠 거다. 그렇지, 채원아?

1993년 7월 8일 목요일 날씨 비

아침에 모두 증조할머니 산소에 가시고,

오전 동안 엄마랑 둘이서 놀았단다.

엄마가 청소하고 빨래하는 동안

우리 예쁜이는 보행기를 타고

신나게 돌아다니며 장난도 치고,

소리도 지르고 했단다.

7월 5일 날 예방주사를 맞아야 하는데

엄마가 깜박 잊어버려서, 오늘 아빠가

병원에 데려다주셔서 다녀왔단다.

병원에서 다른 아기들은 주사 맞는다고

울고 떼쓰고 하는데.

우리 채원이는 생긋생긋 웃으면서 주사를

맞아서 사람들이 예쁘다고 했단다.

채원아! 아프지 않았니?

요즈음은 우리 채원이가

엄마 젖을 먹을 때

얼마나 아프게 깨무는지
엄마는 눈물이 나올 지경이란다.
때려줄 수도 없고.
넌 아직 너무 어려서 엄마가
아픈 것도 모르잖니?
넌 엄마 눈치 보며 생긋생긋
웃으며 꽉꽉 깨문단다.
채원아! 엄마 젖 깨물지 말고
예쁘게 빨아만 먹어줄래.
그럼 우리 예쁜이가
더 예쁘고 사랑스러울 텐데.
사랑한다.
우리 예쁜 아기, 채원아.

1993년 7월 14일 수요일 날씨 맑음

오랜만에 날씨가 화창하게 맑아서 안양 이모네 갔었단다.
이모가 채원이 반포대기 사주시고 혜령이 언니는 인형이랑 장난감들을 많이 주었단다.
이모네서 하룻밤 자고, 내일 아빠가 데리러 오기로 하셨단다.

1993년 7월 15일 목요일

우리 채원이가 처음으로 조금씩 기기 시작했단다.
기특하고 예쁜 녀석.

1993년 7월 16일 금요일

우리 채원이 그동안 찍어주었던 사진이 나왔는데
얼마나 예쁘게 나왔는지
모두 보고 예쁘다고 칭찬했단다.
어제보다는 조금 더 잘 기어 다니고 붙잡고 서는
것도 꼿꼿하게 잘 서고,
우리 채원이가 얼마나 바빠졌는지 모른단다.
오디오 위에 올려놓았던 화분을 끌어내려서 하마터
면 큰일이 날뻔했단다.
엄마는 얼마나 놀랐는지 모른단다.
다행히 많이 다치지 않아서 얼마나 다행인지.
이마에 혹이 빨갛게 생겼단다.
너무 자지러지게 울어대고 혹시나 더 아프면 어쩌
나 해서
병원에 갔더니 간호사 언니 보고 생긋생긋 웃길래
그냥 돌아왔단다.
간호사 언니들이 이렇게 잘 웃는데 무슨 걱정 하세

요, 라며 걱정하지 말라고 해서 엄마는 한시름 놓았단다.

엄마 글씨가 엉망이지.
우리 채원이가 엄마가 일기 쓰는 옆에서
볼펜을 뺏고 물고 하면서 엄마를 훼방 놓아서 글씨가 엉망이니까 이해해야 한다.
사랑하는 우리 딸 채원아 !
너를 아주 많이 사랑한단다!

월령 7개월

＊아기 사진을 붙여주세요

신장 :　　cm　체중 : 8.2 kg

표준치 : 남70.6cm 여69.1cm　표준치 : 남8.72kg 여8.19kg

MEMO

[illegible] 해주면 싫어 하고

혼자서 앉고요.

노래를 불러 주면 자기도 같이 옹알거리며

따라 해요.　　8/9 [illegible]

○기어다닐수 있게 되면서 부터는 행동반경이 넓어져 굴러 떨어지거나 화상등의 사고가 있을 수 있으므로 잠시도 눈을 떼면 안됩니다.

○사람을 알아보게 되어 낯가림이 심해지는데 이런 경우에는 무리하지 말고 무서운 사람이 아님을 알도록 하는 일이 중요합니다.

1993년 8월 2일 월요일 날씨 비

오늘부터 여름휴가라서 강원도로 피서를 가기로 했단다.

새벽 1시에 집에서 출발해서 아침 8시에 원통 큰이모님 댁에 도착했단다.

차 안에서 채원이가 줄곧 잠만 자서 엄마가 한결 편했단다.

뒷좌석에다 채원이 잠자리를 아빠가 아주 근사하게 꾸며놓았거든.

채원이도 아주 편안한지 참 잘 자더구나.

이모네에 도착해서 아빠는 피곤한지 하루 종일 잠만 잤단다.

1993년 8월 3일 화요일 날씨 맑음

미림이 언니랑 재훈이, 남엽이 오빠가 우리 채원이를 얼마나 예뻐하는지
우리 채원이가 언니랑 오빠들 장난감인 줄 아나 봐.
10분씩 정해놓고 채원이를 안고 다니며 시간이 조금만 지나면
자기보다 많이 안아본다고 싸우곤 했단다.
오후엔 이모부랑 모두 계곡으로 놀러 갔단다.
텐트도 치고, 고기도 구워 먹고.
계곡물이 얼마나 맑고 깨끗한지
그곳에서 며칠만이라도 살고 싶을 정도였단다.
저녁때엔 고모네 콘도로 가기로 했기 때문에 이모네랑 헤어졌단다.
이모가 우리 채원이에게 예쁜 옷도 한 벌 사주셨단다.
오렌지색 티셔츠랑 반바지랑 조끼랑.
내년쯤에 채원이가 입으면 아주 예쁠 거야, 그렇지?
오늘 밤은 고모네랑 콘도에서 잤단다. 마루가 넓어서 채원이가 보행기를 타고 막 뛰어다녔단다.

1993년 8월 4일 수요일 날씨 맑음

고모네랑 인구 해수욕장으로 왔단다.
차 안에서 채원이가 얼마나 보채는지 엄마가 힘들
었단다.
고모네는 인구에서 민박을 하고 아빠랑 채원이는
외할머니 댁에 갔단다.
외삼촌이 키우는 닭하고 강아지를 보고 채원이는
좋아서
깔깔거리며 웃곤 했단다.
소희는 무섭다고 막 울었다는데.
외할아버지랑 외할머니를 보고 채원이가 낯을 가리
는지 엄마가 안 보이면 막 울곤 했단다.
우리 채원이 엄마도 알아보고 예뻐.
집에 있을 땐 할머니가 많이 봐주시니까 엄마는 아
는 체도 안 해주더니
밖에 나와서 엄마랑 오래 있으면서 엄마 얼굴을 익
혔나 봐.

1993년 8월 5일 목요일 날씨 흐림

오늘이 휴가 마지막 날인데 날씨가 엉망이란다.
큰외삼촌이 인구에 텐트를 치셨다기에 외삼촌네 텐트에 가서 놀았단다.
조개도 따 먹고 매운탕도 끓여 먹고 외할머니께서 떡도 해 오시고, 옥수수랑 샌드위치도 준비해와서 배가 부르게 먹었단다.
집에 와서 외할아버지께 채원이 아빠도 산삼 한 뿌리만 주라고 졸라서
외할아버지께서 13년 된 산삼을 아빠 먹으라고 주셨단다.

1993년 8월 6일 금요일 날씨 흐림, 비

외할머니께서 이것저것 한보따리씩 꾸려주셔서
싫다는 말도 안 하고, 아니 좀 더 달라면서 하나도
남기지 않고 모두 싸 왔단다.
채원아!
옛말에 딸들은 모두 다 도둑이라고 했단다.
친정에 오면 뭐든지 가져가려고만 한다고 말이다.
우리 채원이도 이담에 커서 시집가면 그럴 거니?
엄마도 결혼하기 전에는 절대로 친정에서 가져가지
않겠다고 큰소리쳤는데 이젠 할머니가 주시면
싫다는 말도 안 하고 이모나 외삼촌보다 많이 달라
고 조르곤 한단다.
엄마가 참 이상하지?
그래서 엄마는 항상 외할머니 외할아버지께 죄스럽
고 미안하고 그렇단다.

1993년 8월 9일 월요일 날씨 맑은 뒤 소나기, 천둥, 번개

오늘은 날씨가 무척 변덕스러웠단다.

아침에 일찍 병원에 가서 홍역 예방주사를 맞고 왔단다.

아플 텐데 울지도 않고, 엄마가 예뻐서 앙팡 치즈를 사주었단다.

저녁때 모두 생신 집에 가시고 안 오셔서 채원이랑 둘이 집에 있는데 천둥 치고 소나기가 와서

채원이 놀랄까 봐 창문도 꼭꼭 닫고 있었단다.

오늘은 그리고 우리 채원이가 처음으로 혼자서 일어나 앉았단다.

처음에는 힘겹게 한 번 하더니 그 다음엔 아주 쉽게 쉽게 잘한단다.

1993년 8월 12일 목요일 날씨 맑음

우리 채원이가 요즘은 노래를 불러주면 자기도 같이 웅얼거리며 따라서 노래를 부른단다.

할아버지랑 할머니는 채원이 하는 것이 우습다고 막 놀리신단다.

지금도 낮잠 자다 일어나서 울지도 않고 앉았다, 기었다 하면서 엄마 훼방 놓을 궁리만 한단다.

채원아!

엄마 볼펜 뺏지 마.

엄마가 채원이 일기 다 쓰고 같이 놀아줄게.

사랑한다, 우리 공주님.

할머니는 동네만 나갔다 오시면 우리 채원이만큼 예쁜 아기는 없다고,

채원이가 제일 예쁘다고 하신단다.

1993년 8월 24일 화요일

어제는 이모할머니네에 다녀왔단다.
태훈이는 우리 채원이보다 한 달이나 늦게 태어났는데도
손발이 얼마나 큰지 채원이 발목이 태훈이 손목만 한 거 있지?
우리 채원이는 요즘 예쁜 짓만 골라서 한단다.
아침에 일어나서 변기에 쉬도 하고 응가도 변기에 하고
엄마 등만 보면 업어달라고 매달리고 한단다.
채원이가 요즘은 눈도 더 커지고 얼굴도 갸름해져서 너무너무 예쁘단다.
어젯밤엔 아빠가 우리 채원이 잠버릇이 엄마 닮았다고 놀리셨단다.
엄마가 잠잘 때 온 방 안을 헤매고 다니는데 우리 채원이도
엄마 닮아서 방 안을 헤매고 다니면서 잔단다.

잠자다가도 벌떡 일어나서 깔깔거리며 웃고….
우리 채원이가 요즘은 감기 기운이 조금 있어 기분
이 안 좋은지.
감기가 빨리 나았으면 좋겠는데.
채원아!
건강하고 예쁘게 그리고 슬기롭게 자라다오.

월령 8개월

*이기 사진을 붙여주세요

신장 : 72 cm 체중 : kg

표준치 : 남72.1cm 여70.3cm 표준치 : 남9.05kg 여8.48kg

MEMO

[illegible] 쉬, 응가는 하루에 몇번씩 한다.

장난이 몹시 심하다

혼자서 서요 (9/[illegible]) 짝짜꿍도 잘한다. [illegible]

젖은 하루에 1~2회 9月 20日 [illegible]

○ 이때는 어른들이 놀이 상대가 되어 주기를 바라므로 아빠도 참여하여 물구나무 서기라든가, 누워서 양발로 받쳐 높다 높다를 하는 등 기쁘게 하는 놀이는 아기의 건강과 정서발달에도 도움이 됩니다.

○ 간염예방접종은 4개월에 받지 않았을 때에는 제품에 따라 2·3개월에 이어 8개월에 받아야합니다.

1993년 9월 9일 목요일 날씨 맑음

안양 이모네 집에 놀러 갔단다.

엄마가 이모네 집에 가면 혜령이 언니를 예뻐해 주다가

이젠 우리 채원이가 생겨서 채원이에게만 신경을 쓰니까

혜령이 언니가 샘도 내고 채원이가 자기 물건 만지지도 못하게 했단다.

채원아!

이다음에 빨리 커서 혜령이 언니 혼내주라. 응?

1993년 9월 10일 금요일 날씨 맑음

하룻밤 이모네서 더 자고 오려고 했는데 할머니께서 채원이가 없으니까 빈집 같다고 하셔서
집으로 왔단다.
채원이는 우리 집 꽃이란다. 채원이가 외출하거나 놀러 가면 집 안이 온통 텅 빈 것 같다고 하신단다. 우리 채원이가 온 식구들 모두에게 즐거움도 주고 모두 모여 앉아 채원이 재롱 보면 시간 가는 줄 모른단다.

1993년 9월 11일 토요일

할아버지께서 채원이 죽을 맛있게 끓여주라면서 쇠고기를 사 오셨단다.

우리 공주님이 요즈음은 장난이 더 심해져서 문갑, 서랍을 모두 열어서 널려놓고

테이프며 cd도 모두 꺼내놓고 쓰레기통도 엎질러서 다 꺼내보고

채원이 꽁무니를 하루 종일 따라다니면 밤마다 녹초가 되어버린단다.

변기에다 응가도 쉬도 얼마나 예쁘게 하는지 채원이는 변기에다 쉬한다고 하니까

사람들이 모두 놀란단다.

1993년 9월 16일 목요일 날씨 비, 흐림

오늘은 할아버지께서 채원이 유모차를 사주셨단다.
유모차들 중에서도 제일 예쁘고 좋은 거로 사주셨단다.
우리 채원이 너무 좋지?
엄마는 할아버지께서 채원이를 너무 예뻐해 주셔서 너무 기쁘단다.

1993년 9월 20일 월요일 날씨 맑음

오늘은 우리 채원이 그림 보며 놀라고 벽에다 커다란 그림을 붙여주었단다.
채원이는 옆에서 테이프를 가지고 장난을 치고 업어달라고 엄마 등만 보면 매달리고 했단다.
채원이가 오늘은 조금씩이지만 혼자서 섰단다.
엄마는 엄마 딸이 얼마나 대견하고 신기한지 한참 안아주었단다.
그리고 엄마가 그렇게 잼잼을 가르쳤는데
가르칠 때는 안 하더니 요즈음은 혼자서 잼잼도 얼마나 잘하는지….
저녁때는 쉬가 하고 싶은지 변기 뚜껑을 열길래 할머니가 뭐 하냐고 보니까
바지 입은 채로 변기에 앉혀놓았더니 금방 쉬하지 뭐니?
할머니께서 얼마나 기특해하신 줄 아니?
할머니는 채원이보고 조그만 게 참 우스운 놈이라며 한참을 웃었단다.
예쁜 우리 공주님, 사랑한단다.

1993년 9월 22일 화요일 날씨 맑음

태훈이네랑 강화도에 놀러 갔었단다.
아빠는 낚시하고 엄마는 채원이랑 태훈이네랑 자리 펴놓고 놀았단다.
채원이가 태어나서 처음으로 배도 타보았단다.
비록 10분 정도밖에 안 되는 시간이었지만
예전에 채원이가 배 속에 있을 때 자언이네랑
강화에 갔었는제 벌써 네가 이렇게 많이 자랐으니
참 시간이 빠르고 채원이도 대견하고 그렇단다.
보문사에 가서는 엄마가 너무 힘들어서 아빠가 채원이를 안고 꼭대기까지 올라가셨단다.
아빠더러 힘들지 않냐고 하니까 군에 갔을때 군장 멘 것 같다고 하셨단다.
우리 채원이 여기저기 구경도 잘 다니니까 재미있고 신나지?
엄마랑 아빠는 채원이를 세상에서 제일 사랑한단다.
조그만 아기가 꼭 자기 하고 싶은 대로만 하는 그

고집도 얼마나 예쁜지 모른단다.

채원아! 하지만 이다음에 커서는 너무 고집쟁이는 되지 말아라. 응?

1993년 9월 24일 금요일 날씨 맑음

채원이가 오늘은 보행기를 타고 온 동네를 돌아다녔단다.

낮에 엄마가 낮잠을 좀 자려고 채원이랑 같이 누웠는데 채원이는 벼룩잠만 자고

엄마는 졸려서 눈 감고 있으니까 엄마 눈을 손가락을 가지고 콕콕 찌르고 입에도 손을 다 집어넣고

엄마 잠도 못 자게 얼마나 장난을 하는지 엄마는 지금도 피곤해서 눕고 싶은데 넌 잘 생각도 안 한단다.

월령 9개월

＊아기 사진을 붙여주세요

신장 : cm 체중 : 8.7 kg

표준치 : 남73.2cm 여71.9cm 표준치 : 남9.24kg 여8.77kg

MEMO

잼잼 곤지곤지.. 짝짜꿍 빠이빠이.....

가르치면 예쁘게 잘한다.

윗니 윗쪽도 나옴.. 이가 너무 굵게 나온다니까

할머니께서 복길이네 시집 갈거라고 하셨음.. 10/6 감기로 병원 다녀옴

○ 9～10개월 쯤에는 젖을 떼도록 합니다.
우선 점심시간에 하는 수유는 그만두고 이유식을 주도록 하면서 차차로 수유의 횟수를 줄여가며 분유나 우유에 익숙하게 하면서 모유를 뗍니다.

○ 젖뗄 무렵부터의 영양과 식생활 습관은 성인이 된 이후까지 커다란 영향을 미치게 되므로 주의깊은 관심을 기울여야 합니다.

1993 년 10 월 26 일(月 요일) 날씨 맑음

우리 공주님 채원이 태어난 지 꼭 10개월이 된단다.
그동안 웃는 것, 기는 것, 서는 것... 배우느라 바빴지:
갓 태어난 아주 조그만 너를 본 것이 어제 같은데
벌써 10개월. 조금 있으면 너는 걷기를 하고
말도 배우고 하겠지.
이제는 책장을 잡고 서기도 하고 여기저기 다니면서 만져도 보고
부리고. 요즈음은 장난감도 많아지고 말썽이 많아진
네가 조금은 엄마를 속상하게 한단다.

19 년 월 일(요일) 날씨

감기가 걸렸는지가 벌써 20일째가 되어 가는데도
좀처럼 기미는 보이지 않고 내일이면 큰아빠네
잔칫집에 갈텐데 우리 채원이가 너무 피곤하면
어쩌나 하고 엄마는 걱정이 몹시 된단다.
예쁜 아기 채원아!
빨리 낫거라 할아서 밥도 잘먹고 걸어다니는 것도 배우고 해야지.

19 년 월 일(요일) 날씨

엄마는 우리 채원이처럼 예쁘고 사랑스러운
애기를 본 적이 없단다.
까만 샛별 같은 눈이랑 작은 입이랑 조그맣게 솟아있는 코랑
볼록한 볼이랑 너의 모든 것이 사랑스럽고 예쁘단다.

19 년 월 일(요일) 날씨

○ 아기의 생활은 각 가정의 일과에 따라 낮잠자는 시간, 식사시간, 간식시간 등을 정하여 되도록 일정하게 지키도록 합니다.

1993년 10월 6일 수요일 날씨 맑음

채원이가 며칠째 콧물을 흘리는 걸 엄마가 큰 걱정 안 하고 약만 먹였는데 지난밤부터는 기침도 하고 감기가 더 심해졌다.
엄마가 몹시 걱정이 된단다.
병원에 다녀왔단다.
심하지는 않은지 주사는 맞지 않았단다.
우리 채원이가 감기 탓에 입맛도 잃고 먹지를 않아서 엄마는 속상하단다.
채원아! 빨리빨리 나아서 맘마도 한 그릇씩 뚝딱 비우고 해야지.
사랑하는 채원아!
우리 공주님은 엄마가 야단치면 노여움도 잘 타서 삐쭉거리며 울기도 잘하고 엄마가 야단을 치려고 하면 네가 먼저 잼잼, 곤지곤지하며 애교도 떨 줄 알고
채원아, 예쁜 채원아. 엄마는 너를 너무너무 사랑한단다.

잠잘 때 온 방 안을 굴러다니면서 자는 험한 잠버릇도 예쁘고
쉬하고 자기 쉬로 손장난 치는 것도 사랑스럽고….
엄마, 아빠는 너의 모든 것을 사랑한단다. 아주 몹시 많이.

1993년 10월 20일 수요일 날씨 맑음

우리 귀염둥이 채원이 하루하루 얼마나 재롱과 애교가 많아지는지
우리 공주님 때문에 요즘 우리 집엔 웃음이 끊이질 않는단다.
동네에 어떤 꼬마 오빠가 채원이만 보면 "아기야" 하니까
우리 공주님이 혼자서 놀다가도 "아기야" 하면서 논단다.
지금은 엄마 머리를 엉망으로 헝클어놓고 자기랑 같이 놀아주지 않으니까 혼자서
"이지지야. 헤헤. 에게. 에 에 지지 이기야… 에이 에리야" 하면서 중얼중얼 놀이에 열중이란다.
할아버지께서 우리 채원이보고 눈이 샛별 같다고 하셨단다.
우리 공주님 눈이 얼마나 큰지 크기가 입과 같단다.
우리 채원이가 얼마나 예쁘면 아빠가 다 예쁘다고

하시겠니?

아빠는 아주 예쁜 아기가 아니면 예쁘다고 하질 않으시거든.

1993년 10월 25일 월요일 날씨 맑음

우리 공주님, 내일이면 태어난 지 꼭 10개월이 된단다.
그동안 앉는 것, 기는 것, 서는 것 배우느라 바빴지?
갓 태어난 아주 조그만 너를 본 것이 어제 같은데 벌써 10개월, 조금 있으면 너는 걷기도 하고 말도 배우고 하겠지.
이제는 컸다고 고집도 세어지고 여기저기 다니면서 말썽도 부리고, 요즈음은 잠투정도 많아지고 울음도 많아진 네가 조금은 엄마를 속상하게 한단다.
감기에 걸린 지 벌써 20일이 되어가는데도 나을 기미는 보이지 않고, 내일이면 큰이모네랑
외갓집에 갈 텐데 우리 채원이가 너무 피곤하면 어쩌나 하고 엄마는 몹시 걱정이 된단다.
예쁜 아기 채원아!
빨리빨리 나아서 밥도 잘 먹고 걸어 다니는 것도 배우고 해야지.
엄마는 우리 채원이처럼 예쁘고 사랑스러운 아기를

본 적이 없단다.
까만 샛별 같은 눈이랑 작은 입이랑 조그맣게 솟아
오른 코랑 볼록 나온 볼이랑 너의 모든 것이 사랑
스럽고 예쁘단다.

1993년 10월 26일 화요일 날씨 맑음

아침에 아빠랑 셋이서 원통에 사시는 큰이모네에 놀러 갔단다.
미림이 언니랑 재훈, 남엽이 오빠가 우리 채원이 예뻐서 서로 안아보려고 다투기도 했단다.
큰이모는 채원이가 몰라보게 컸다며 아주 예쁘다고 했단다.
우리 채원이를 보는 사람마다 예뻐해 주니까 채원이도 기분이 좋지?
사람들이 채원이를 예뻐해서 엄마도 아주 기쁘단다.

월령10개월

*아기 사진을 붙여주세요

신장 : cm 체중 : kg

표준치 : 남74.5cm 여73.5cm 표준치 : 남9.63kg 여9.16kg

MEMO

하루에 2-3번씩 변기에 용가. 쉬를 한다.

하루 종일 잠시도 가만히 있질 않는다

혼자서 일어서고 가끔 한 발씩 떼어 놓고

짜고 지껄이는 소리도 크다.

○ 대소변 가리는 훈련을 시도해 봅니다.
잘되면 칭찬을 해주고 실패하여도 야단치지 마십시요.

○ 자신이 목적하는 운동을 할 수 있게 됩니다.
때로는 일부러 저항을 가하여 근력강화를 시도해보며 다소 난폭한 운동도 익혀가도록 합니다.

1993년 10월 27일 수요일 날씨 맑음

큰이모네서 하루 묵고 외할머니 댁에 갔단다.
작은이모네 소희랑 소희 할머니네 들러서 같이 갔단다.
가끔씩 뵙는 외할머니라 낯설어해서 엄마는 조금 속상했단다.
가까이에 살면 자주 가서 뵐 텐데 멀리 있고 또 엄마가 할머니, 할아버지를 모시고 사니까 한 번씩 외출하기가 쉽지 않단다.
우리 채원이는 소희가 어리다는 걸 아는지 소희를 많이 괴롭혔단다.
머리카락도 잡아당기고 기어 다니면서 올라타고.
우리 채원이가 소희를 많이 울렸단다.
소희는 채원이 사촌 동생이니까 채원이가 예뻐해 주어야 한단다.
아직은 채원이도 어려서 그런 것 잘 모르지만, 조금만 더 크면 소희랑 친구 해서 잘 놀거야. 두 달

밖에 차이가 안 나니까 친구 같을 거야. 그렇지?
엄마는 채원이도 소희도 건강하게 쑥쑥 자라길 바
란단다.

1993년 10월 29일 목요일 날씨 비

소희네랑 같이 외가댁에서 출발했단다.
예전에 엄마가 아빠랑 결혼하기 전에는 집에서 떠나는 게 너무나 서운했는데,
이제는 아빠랑 우리 채원이가 있어서 조금은 덜하단다.
다음에 외할머니 댁에 가면 그때는 우리 채원이 막 뛰어다니겠지?
외할머니랑 외할아버지께서 너랑 소희 예뻐서 안방 벽에 사진을 걸어놓고 매일매일 보신대요.

1993년 11월 17일 수요일 날씨 맑음

며칠 전부터 혼자서 벌떡벌떡 일어서더니 우리 채원이가 요즘은 가끔씩 한 발자국씩 떼어놓기도 한단다.
〈뽀뽀뽀〉랑 〈딩동댕 유치원〉 프로를 하면 좋아서 박수 치며 노래도 하고, 엉덩이도 흔들면서 춤도 추고 신나한단다.
엄마 소리도 하고 맘마 소리도 하고 과자를 먹다가도 아빠가 아 하면 아빠 입에 과자를 넣어주곤 한단다.
하루 종일 쉬지도 않고 기어 다니면서 장난치고 말썽 부리고
그림책을 펼쳐놓고 무어라고 웅얼거리기도 하고 하루하루 자라면서 한두 가지씩 배우는 네가 얼마나 예쁜지
이쑤시개를 들고 입에 물고 다니길래 야단을 쳤더니 이쑤시개만 보면 할머니 갖다 드리고 야단치면 금방 눈에 눈물이 가득 고이고 머리빗으로 머리 빗는 흉내도 내고

엄마가 청소하면 채원이는 양말이랑 자기 옷 벗어 놓은 거로 방을 닦는 흉내도 내고
살금살금 기어 다니면서 엄마도 꼭꼭 깨물고 아빠 코도 깨물고.
채원아! 엄마랑 아빠는 너의 그런 모든 것을 사랑한단다.

월령 11개월

* 아기 사진을 붙여주세요

신장 : cm 체중 : 9.5 kg

표준치 : 남75.9cm 여74.8cm 표준치 : 남9.85kg 여9.52kg

MEMO

걸음마를 곧잘한다.

11月 26일 젖을 떼었다

12/2 독감 예방주사

국을 싫어 해서 밥에 국을 말아서 먹었다

○ 제대로 이유를 시작한 아기는 어른과 같이 아침, 점심, 저녁 3회의 식사로 영양을 취하도록하며 오전 10시와 오후 3시경에 간식을 주도록 합니다.

○ 응석을 부리는 일이 많아지게 되어 억지떼를 쓰는 수가 종종 있게 되는데 엄마는 이성적이고 절제있는 애정으로 달래고 떼쓰는 버릇을 갖지 않도록 기르도록 합니다.

1993년 11월 26일 금요일 날씨 맑음

채원아! 엄마가 오늘부터 우리 공주님 젖을 떼기로 했단다.
채원이가 잠잘 때 몹시 보채면 어쩌나 하고 엄마는 걱정을 했는데
우리 채원이는 엄마가 어부바를 해주니까 엄마 젖 안 물고도 잠이 들었단다.
이제는 맘마도 더 많이 먹이고 우유랑 간식도 많이 먹여야겠는데
우리 예쁜 채원이는 오물오물 면도 잘 먹고 생선도 아주 잘 먹는단다.

1993년 11월 27일 토요일 날씨 비

내일이 집안 옛 조상들 제사라 우리 집에서 음식을 장만하기로 했는데
엄마는 이런 날이면 너무 속상하단다.
우리 채원이에겐 너무 위험한 것들이 많거든.
이런 날은 바빠서 우리 채원이에게 신경도 못 써주고 괜히 야단만 치게 되고 해서
엄마는 집안에 큰일이 있는 것이 별로 반갑지가 않단다.
채원아!
이럴 때 엄마가 짜증 나서 우리 공주님 울리더라도 엄마 이해해주렴.

1993년 12월 2일 목요일 날씨 흐림

오늘은 채원이 감기 예방접종을 했단다. 그 여리고 흰 팔에 주삿바늘이 꽂히는 것을 차마 못 보겠더구나.
많이 아플 텐데도 우리 채원이는 울지도 않았단다.
우리 채원이 이 주사 맞고는 감기에 걸리지 않았으면 한단다.
우리 공주님이 몸이 아프면 엄마는 너무너무 속상하거든.
사랑한다, 우리 딸 채원아.

1993년 12월 6일 월요일 날씨 맑음

오늘은 엄마 생일이란다.

저녁에 우리 채원이 집에 두고 엄마랑 아빠랑 외출을 했단다.

두 시간 정도였는데 우리 채원이가 몹시 칭얼거렸는지 할아버지께서 몹시 화를 내셨단다.

엄마 생일이라 오랜만에 외출했는데.

엄마는 1년에 한 번인 생일날도 마음이 편치가 않아 우울하단다.

채원아! 다음부턴 외출할 때 같이 가자꾸나.

1993년 12월 9일 목요일 날씨 맑음

우리 채원이 오늘은 다섯 발자국 걸었단다.
뒤뚱뒤뚱 얼마나 빨리 걷는지
엄마는 채원이랑 같이 있으면 시간이 어떻게 가는지도 모른단다.
오후에 엄마가 미장원 가느라고 채원이랑 떨어져 있었는데 돌아오니 채원이가 얼마나 반기는지
엄마는 너무너무 행복했단다.
우리 장난꾸러기는 요즘 싱크대며 문갑, 오디오 등 못살게 구는 것이 한두 가지가 아니란다.

월령 12개월 이후

●아기 사진을 붙여주세요

신장 :　　　㎝ 체중 :　　　㎏

표준치 : 남77.8cm 여76.2cm 표준치 : 남10.26kg 여9.49kg

MEMO

♡ 첫돌을 맞이하여

첫돌을 계기로 엄마 아빠는 이제부터 어떤 아기로 기르면 좋을지 새로이 마음을 다지고 아기에 대하여 이야기 해보는 것도 뜻있는 일이며 간단하게 음식을 준비하여 가족이 모여 축하하는 것은 의미있는 일입니다.

1994년 5월 1일 일요일 날씨 맑음

우리 깍쟁이 채원이가 아빠께 처음으로 뽀뽀한 날.
항상 쌀쌀맞게 아빠에게 뽀뽀를 안 해주어서 아빠가 서운해했었는데
오늘은 아빠 입이 반달만큼이나 커지셨단다.

1994년 5월 3일 화요일 날씨 맑음

엄마가 채원이랑 쇼핑 나갔다가 우리 채원이 얼굴에 상처가 나게 했단다.
아빠가 채원이 제대로 못 봤다고 야단하셨단다.
우리 예쁜이 미안하다.
엄마가 셀리 인형을 사주었는데 웃기도 하고 우는 인형인데 인형이 울면 채원이도 따라서 울었단다.
아빠는 그러는 네 모습이 귀여워서 자꾸만 울렸단다.

to. 채원

채원아!

엄마, 아빠는 채원이가 예쁘고 똑똑하게 자랐으면 하고 매일 서로 얘기한단다.

하지만, 우린 채원이가 부담스럽고 힘들어하는 것은 요구하지 않으마.

아빠 생각은 어떤지 모르지만 엄마는 그렇단다.

우리 채원이가 하고 싶은 것, 원하는 걸 하면서 살도록 도와줄 거야.

그리고 채원이가 바른길로 나갈 수 있도록 야단도 치고 매도 들 수 있겠지만

그건 다 널 너무 사랑하기 때문이란 걸 알아주길 바란단다.

넌 아빠, 엄마가 사랑해서 처음으로 받은 가장 큰 선물이고 축복이고 사랑이란다.

사랑스러운 우리 딸.

네 예쁜 얼굴, 작은 손, 앙증맞은 발, 옹가하는 모

습까지. 모두 모두 엄마 눈에 넣어도 아프지 않을 만큼 사랑한단다.

Epilogue

엄마에게 가끔 보냈던 편지.
그 몇 줄 안 되는 편지에서조차 나는 내 얘기만 하고 있었다.
동생과 자주 다투어 죄송하다는 자기반성 그리고 내가 앞으로 얼마나 열심히 지낼지에 대한 다짐의 내용들. 언제나 내 곁에서 나를 믿고 지켜봐 주는 우리 엄마에 대한 이야기는 쏙 빠져버린 이야기만 할 뿐이었다.
엄마는 매 순간 사랑을 주었고, 나는 그 과분한 사랑과 순간들을 너무 당연히 여겼다. 엄마와 함께하는 일상, 그 하루의 소중함과 고마움을.
그동안 놓친 하루를 아쉬워하기보다, 앞으로 기록되고 기억될 하루들을 기대하며 오늘도 엄마와의 한 줄을 남긴다.

정채원

602동 1904호, 엄마의 편지.

내가 사랑하는 사람과 공간.

너무 가까이 있어 스쳐 보낸 일상과 자연스럽게 주위에 스며있는 일상의 흔적을 찾아 기록합니다.

cheachae.com

@cheachae

엄마의 편지

2018년 1월 5일 1판 1쇄 발행

지 은 이 정채원, 이수경
공동기획 스토리지북앤필름 강영규
발 행 인 이상영
편 집 장 서상민
편 집 인 한성옥, 채지선
디 자 인 오윤하
마 케 팅 유가희
펴 낸 곳 디자인이음
등 록 일 2009년 2월 4일:제300-2009-10호
주 소 서울시 종로구 효자동 62
전 화 02-723-2556
메 일 designeum@naver.com
blog.naver.com/designeum
instagram.com/design_eum